To Cats

To Cats
고양이에게

© 권윤주 www.snowcat.co.kr   snowcat@snowcat.co.kr

지은 책으로 「고양이가 왔다: NEW YORK STORY」 「지우개」 「SNOWCAT IN NEW YORK」 「SNOWCAT IN PARIS」
「SNOWCAT의 혼자 놀기」 「SNOWCAT DIARY 1, 2」가 있다.

초판 1쇄 발행 2011년 11월 25일   초판 4쇄 발행 2014년 11월 24일

지은이 권윤주   펴낸이 김철식   펴낸곳 모요사   출판등록 2009년 3월 11일(제410-2008-000077호)
주소 411-762 경기도 고양시 일산서구 가좌3로 45 203동 1801호   전화 031-915-6777   팩스 031-915-6775   이메일 mojosa7@gmail.com

ISBN 978-89-97066-03-2 04810
      978-89-97066-02-5(set)

To Cats

고양이에게 by Snowcat

무요사

사랑하는 나옹에게

고양이와 나

나. 나옹과 함께 사는 사람

나옹. 나와 함께 살아주는 고양이

나와 나옹의 관계

차례

나옹의 인사 012

옥상의 고양이들 016

고양이 베고 자기 018

고양이 친구 020

지구 최고의 고양이 026

고양이를 방해하고 싶지 않아 028

고양이와 종이 030

고양이와 장식 038

꼬리 040

고양이 발 페티시 046

소방차 050

어깨 위 고양이 054

기다림 058

나옹의 비밀 060

여행의 꿈 064

여행의 꿈 2 066

고양이와 놀기 tip 1 076

고양이와 놀기 tip 2 078

나옹은 알고 있다 090

단점 094

당당한 고양이 096

방해하고 싶지 않아 100

등 맞대기 112

고양이는 어디든 들어갈 수 있다 114

카운슬링 118

털뭉치의 위안 120

고양이 나이 122

나옹은 모든 걸 안다 128

나옹은 날 나무란다 130

나옹과 물 132

길고양이 밥 138

길고양이 142

나옹과 때비 – 나옹, 장가 가다 154

나옹과 나양 – 나옹, 아빠가 되다 168

눈높이 맞추기 172

나옹 덕분 174

나옹은 뭐든지 안다 176

나옹의 인사

언제나처럼 내 옆에서
자고 있던 나옹,

침대 아래로 내려가려고 일어났다.
순간 나옹은 내 머리 위로 지나갈 것인지, 내 발쪽으로 돌아서 내려갈 것인지,
아니면 나를 뛰어넘어 내려갈 것인지
고민하고 있었다.

나는 몸을 일으켜 나옹이 지나가도록 했다.

베개 위로 지나가던 나옹은
갑자기 걸음을 딱 멈추더니
나를 보며 말했다.

그것은 확신하건대 내 배려에 대한 고맙다는 표시였다.

그리고 곧바로 나옹은 내려갔다.
그 후 나는 이 일을 만나는 사람마다 두고두고 얘기하곤 했다.

옥상의 고양이들

옥상의 고양이들

고양이 베고 자기

하루 중 나옹을 베고 잘 때가 가장 행복하다.
고맙게도 나옹은 내가 베고 자는 걸 허락해준다.
내 뺨에는 나옹의 보드라운 털이 간질간질.
내 귀에는 나옹이 기분좋아 내는 소리 고르르르륵.

고양이 친구

'고양이' 하면 귀여운 새끼 고양이를 떠올리는 경우가 많다.
새끼 때야 귀엽지 않은 동물이 어디 있겠냐만은
특히 새끼 고양이를 보고 마음이 흔들리지 않을 사람은 없을 것이다.

그래서 충동적으로 새끼 고양이를 데려오곤 하는 것이다.

하지만 고양이의 어린 시절은 금방 지나가버린다.
그럼 그 후에는?
고양이는 당신의 동반자로서 함께 사는 것이다.
그저 돌봐줘야 하는 귀여운 동물이 아니라 당신의 친구로서.

그러니 당신의 작고 귀여운 아기 고양이가 금방 커버렸다고,
이젠 살갑게 굴지도 않는다고 실망할 필요 없다.
장담하건대 그보다 훨씬 멋진 시간이 당신을 기다리고 있다.

Naong. at the Café.

사람들은 자신의 고양이가 지구 최고의 고양이라고 믿는다.

고양이를 방해하고 싶지 않아

자고 있는 고양이에게 비키라고 말하는 건 쉽지 않다.
나는 고양이에게 그저 의자의 절반만 내어달라고 부탁하고 있다.

고양이와 종이

고르르

고양이는
종이가 깔려있는 걸 보면
항상 그 위로 올라가 앉는다.
왜, 굳이, 굳이
꼭 그 위에 올라가 있는 것일까?

저…
나 공부 좀…

이렇게 불편해 보이는 자리에도
굳이 올라가 있는다.

고르르

크기는 상관않는다.

아아
사삭거려
부석부석해

배에 닿는
종이 느낌이 좋아서?

아니면 종이 페티시?

그러다 결국 한 가지 결론에 도달했다.

바로 이것이다. 고양이는 자신을 위해 깔아놓은 종이라고
지극히 당연히 여기는 것이다!
이 얼마나 고양이적인 발상인가...

고양이와 장식

고양이에게 리본 따위를 달아보라.
고양이는 자신이 장식했다는 사실을 무척 의식하며
그 장식물 때문에 자신이 더 돋보인다고 믿는다.
그러니 고양이에게 찬사 보내는 것을 잊지 말자.
배 싸는 그물 같은 것을 머리에 씌워놓았더라도 절대 웃어선 안 된다.
고양이는 자신에게 명예스럽지 못한 물건임을 금방 눈치 챌 것이고
당신은 고양이로부터 신망을 잃을 것이다.

꼬리

꼬리는 고양이 기분을 나타낸다.

고양이 꼬리는 40% 정도는 고양이에 속해 있지 않다.
다시 말하면 40%의 별도의 자아를 가지고 있다.

그래서 고양이가 놀아주지 않으면 꼬리와 놀면 된다.

하지만 명심하라.
고양이는 결국 꼬리 편이라는 것을.

고양이는 자기얼굴을 자기 꼬리로 맞을 때가 있다.

하지만 결코 내색하지 않는다.

인간들이란...

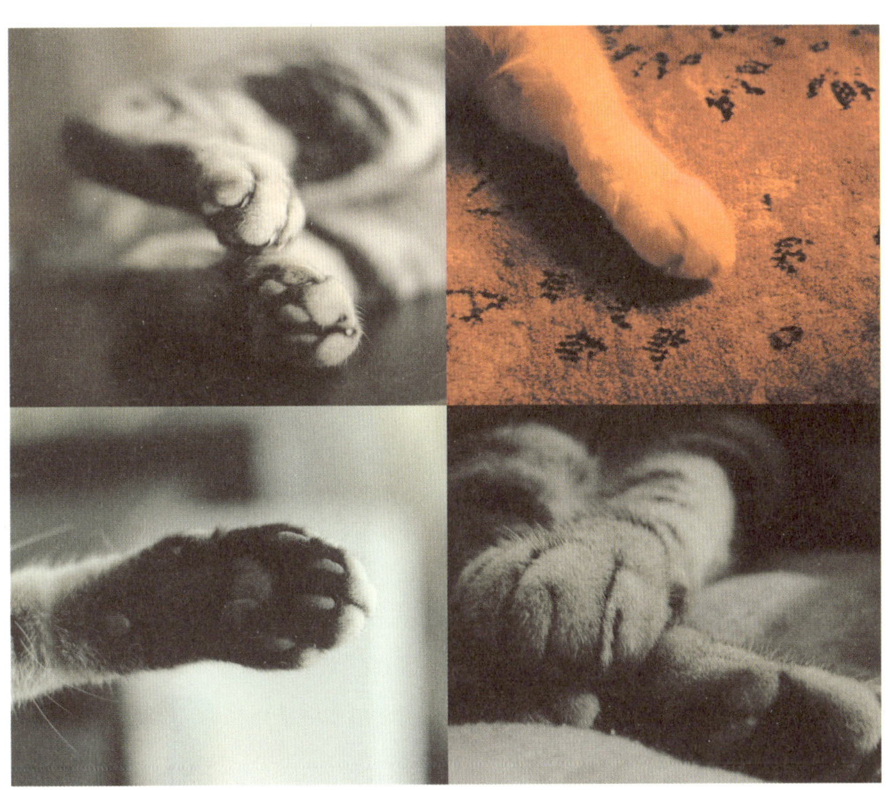

소방차

집 근처에서 사이렌을 울리며 지나가는 소방차를 보면
나용 생각이 제일 먼저 스친다.
가스 밸브 잠궜던가? 전기 난로는?
혹시나 하는 마음으로
몇 시간 전 기억을 재빨리 더듬는다.

어깨 위 고양이

어떤 사람이 고양이를 안고 지나간다.
커다란 잿빛 러시안 블루 고양이가
얌전히 어깨에 걸쳐 있다.

차들이 지나다니는 도로에 가까워지자
고양이는 불안해 한다.

그러자 그 사람은 고양이 등을 가만히 토닥거린다.
아무 일 없을 거라는 듯이.

그 모습을 보는 나도 어쩐지 안심이 된다.

고양이는 따뜻해.

기다림

나옹은 그동안 내가 나갈 때면 항상 저러고 있었던 것일까.

나옹의 비밀

동거인 길들이기 전략 강연회
초청강사 : 나옹
강연 후
추첨을 통해
통조림을 드려요.
우리에게
미안해하는
마음을 갖게 하라
추첨
없었나?

여행의 꿈

그림으로나마
나옹을 여행시켜주고 싶어.
항상 같이 다니면 좋을 텐데.

나옹.
기다리고 있었어.
Pont des Arts, PARIS.

아아…
?

나옹은 가방 안에 들어가는 걸 좋아한다.
나옹이 들어간 가방을 들고 방안을 이리저리 돌아다니면
나옹은 그걸 즐긴다.
고양이를 위해 가방을 준비해보자!

고양이가 술래잡기를 좋아한다는 사실을 아는가?
적어도 내가 겪은 고양이들은 그랬다.
방법은 다음과 같다.

① 갑자기 숨는다 — 움직임이 갑작스럽다는 느낌을 줘야 한다.

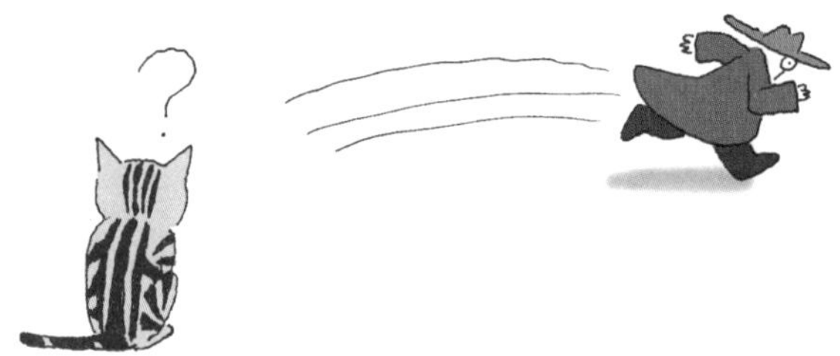

② 호기심 많은 고양이는 무슨 일인가 싶어서 다가올 것이다.

③

④

⑤ 그러다 갑자기 또 숨는다. (①부터 반복한다.)

그러다 보면 고양이는 이걸 즐기게 된다.
자, 이제 고양이는 놀이 규칙을 알게 되었다.

고양이의 단조로운 일상에 활력을 !

< 주의 사항 >

• 당신의 고양이가 눈치가 없다면 이 놀이는 소용없음.
• 너무 지나치면 고양이는
  자신을 공격하는 것이라고
  여길 것이다.
  '적당한 선'이 되는게
  중요하다.

The Cat loves Box

FRAGILE

The Box Forum

나옹은 알고 있다

내가 '나옹' 하고 부르면

나옹은 쫑쫑쫑쫑 달려온다.
(꼭 대답을 한다. 그리고 언제나
오는건 아니다. 기분 내킬때만...)

그리고 내 바로 근처에서
속도를 급격히 떨어뜨리고는

닿는둥 마는둥 슬쩍 스치고 가버린다.
자신의 볼일은 따로 있다는 듯이.

나옹은 알고 있다.
아쉬울 정도에서 끝내야 한다는 것을.
나옹은 뭐든지 알고 있다.

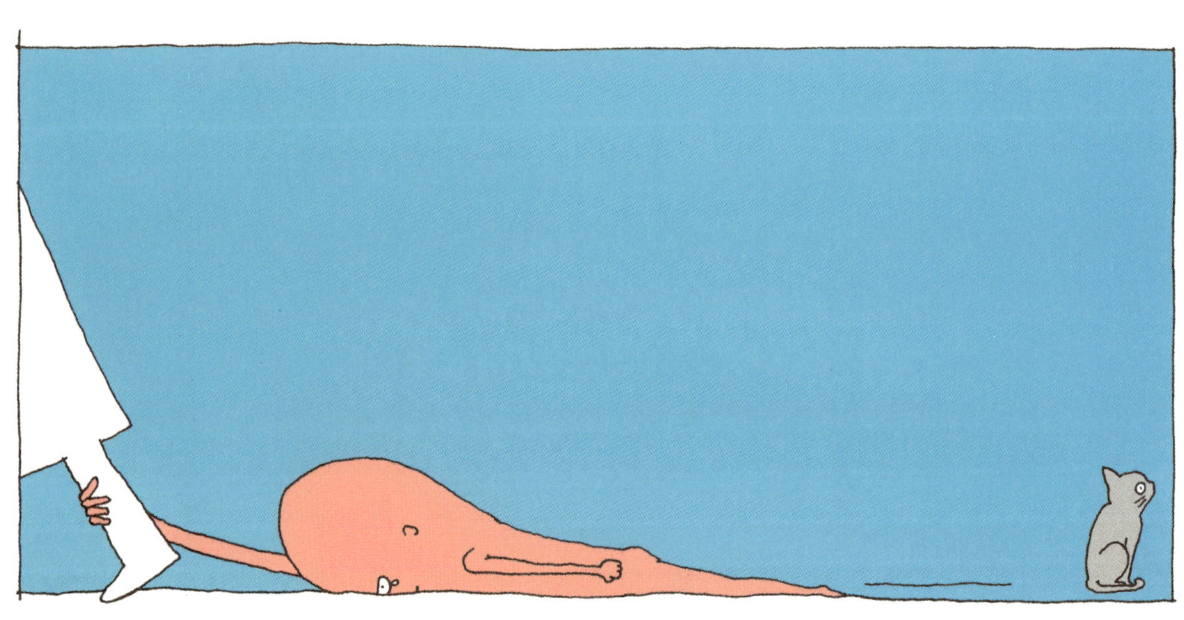

고양이라면 이러지 않을 텐데.

단점

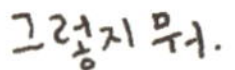

당당한 고양이

나옹은 당당하다.

가스 점검, 택배 아저씨 등 우리 집에 오는 사람은 모두 나옹을 보면
나옹의 근거 없는 당당한 모습에 감탄하거나 어이없어 한다.

심지어 나옹은 볼일 보는 순간조차 당당하다.

흡사 개선장군의 그것이나 다름없다.

방해하고 싶지 않아

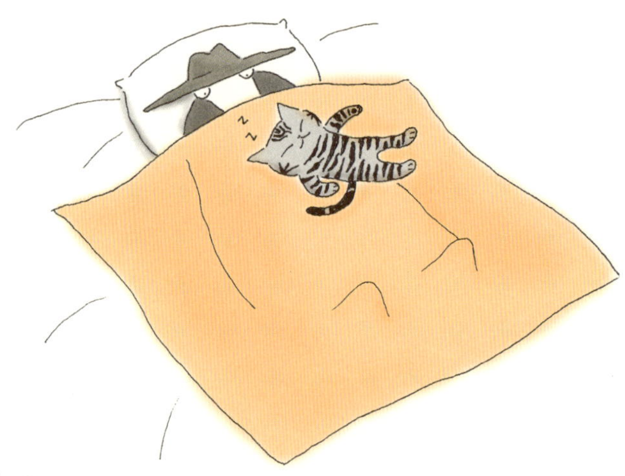

아아
녀석은 또 만면에 웃음을 띤 채로 기분 좋게 자고 있다.
내가 보고 있는걸 눈치 챘는지
슬쩍 '예쁜 척 손모아 구부리기' 까지 한다.

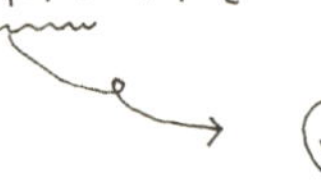

이제 일어나서 일해야 하지만
난 도저히 일어날 수가 없다.

이런 변명이 통할 수 있을까?
난 정말 진심인데.

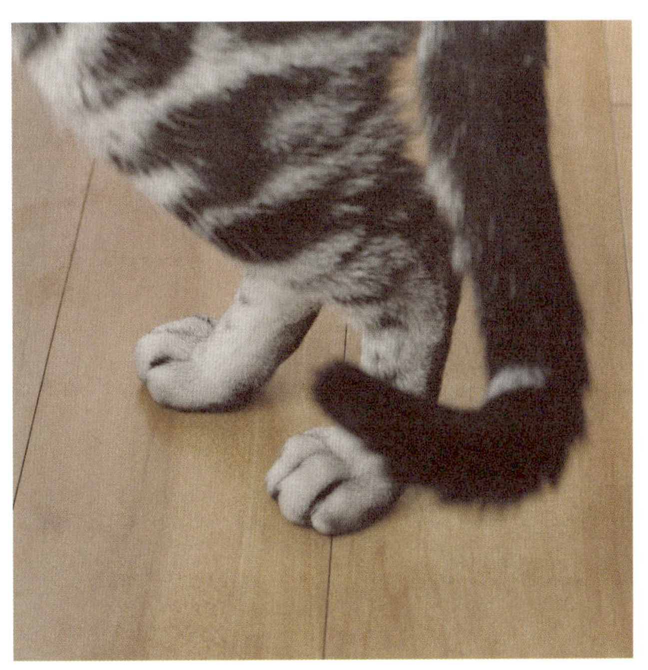

등 맞대기

고양이와 등을 맞대고 누워본 적 있는가?

당신이 이 느낌을 안다면
당신은 이미 천국에 다다른 기분이 어떤 건지 알게 된 것이다.

당신은 그 느낌을 결코 잊을 수 없을 것이다. 장담한다.

고양이는 어디든 들어갈 수 있다

naong & rain

카운슬링

당신도 언제부턴가
고양이에게 고민을
털어놓고 있지는 않은가?
주절주절
Dr. MIU
고양이는 당신에게
아무말도 해주지 않지만,
이것만으로도 당신의 마음엔
평화가 찾아올 것이다.
다음 손님~
Dr. MIU

털뭉치의 위안

고양이에게 의지하는 사람은
나만이 아닐 것이다.

이 작은 털뭉치 동물이
그 무엇보다도 위안이 되어 준다는 사실은
때때로 놀랍다.

고양이 나이

고양이의 평균 수명은 15년 정도인데
사람 나이로 대강 계산하려면 고양이 나이에 4~5를 곱하면 된다.
고양이는 그렇게 우리도 모르게 나이를 빨리 먹으면서
귀엽기만 한 아기에서 동생으로, 그리고 어느덧 동갑내기 친구가 되고
곧 둘도 없는 동반자로, 그리고 그 누구보다 의지가 되는 존재가 되어 준다.

나옹은 사람 나이로 치면 지금 나와 친구 정도라고 할 수 있겠다.
하지만 오래지 않아 나옹이 훨씬 연장자가 될 것이고
날이 갈수록 점점 내가 나옹을 의지하고 나옹에게 위안을 받는 부분이 커질 것이다.

몇 년 전만 해도 나옹이 늙는다는 생각은 아예 들지 않았다.
하지만 지금은, 언젠가는 찾아올 이별에 대해 생각하곤 한다.
물론 벌써부터 그런 생각 하기에는 이르지만,
그리고 나옹이 장수할 것이라 믿어 의심치 않지만
해가 넘어갈수록 나옹과의 시간이 소중하게 느껴진다.

우리는 함께 나이를 먹고 있다.

고양이는 의지가 된다.

내가 고양이를 기쁘게 했어.

고양아, 고양아.

나옹은 모든 걸 안다

나옹은 여간해선 밥달라고 울지 않는다.
배고프면 그저 밥그릇 옆에 단정하게 앉아서
나를 빤히 쳐다본다.
그리고 그 때 나옹은 놀랍게도
입가에 인자한 미소를 짓고 있다!
그 모습은 흐트러짐이 없다.
바로 이 때가 나옹의 연륜이 가장 돋보이는 순간이다.
그런 모습을 모른 척하기는 불가능하다.

나옹은 가장 효과적인 방법을 아는 것이다.
내가 말하지 않았나. 나옹은 모든 걸 알고 있다고.

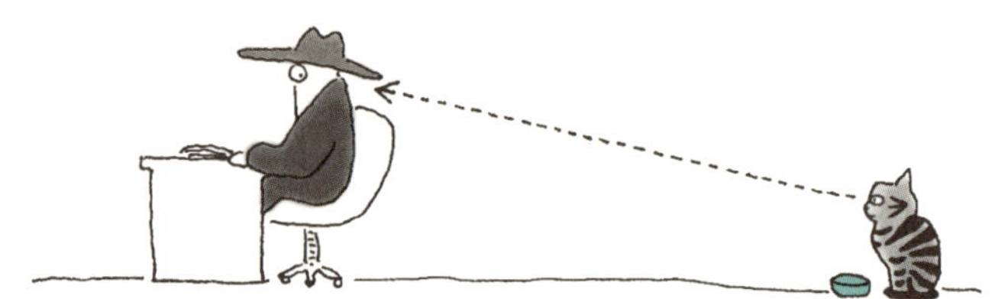

나옹은 날 나무란다

나옹은 통조림을 무척 좋아한다.

난 항상 통조림을 줄때면 '나옹, 통조림ㅡ' 하고 말하는데
나옹도 물론 알아듣고 침대 밑에서 자고 있었더라도 냉큼 뛰어나온다.
그럴 때면 내 마음도 흐뭇하다.

그런데 깜빡하고 통조림을 한참 후에 줄 때가 있는데
그럴 때면 나옹은,

날 나무란다.

하지만 고양이와 함께 사는 사람들은 이해할 수 있을 것이다.
고양이들은 우리를 나무라고도 남을 존재라는 것을.

나옹은 물에 대해 까다롭다.
물그릇에 대한 취향도 번번히 변한다.
사실 고양이에게 신선한 물을 주도록 신경쓰는 게 좋다.
실제로 많은 고양이들이 수도꼭지에서 흐르는 물을 좋아한다.

그리고 특이한 건, 나옹은 언제나 내 물을 노린다는 것이다.
설마 나만 신선한 물을 마신다고 생각하는 걸까?

나옹
물 마시고 난 뒤
나옹의 턱에는
항상 물방울들이
매달려 있다.
그럴 땐 아무리
근엄한 척 있어도
소용없다.
물이나
닦으셔

고양이들의 차 마시기

길고양이 밥

나옹은 항상 밥을 조금씩 남기는 버릇이 있다.
그러고는 새 밥을 줄 때까지 나를 쳐다보며 무언의 압력을 가한다.
거기에 대항할 길 없어 어쩔 수 없이 밥을 주는데

이렇게 나옹이 남기거나 안 먹는 사료는 모아서
가방에 넣고 다니다가 길고양이를 보면 주곤 한다.
비록 그것이 순간의 배고픔만 달래주는 것일지라도.

물론 내가 먹을 것을 줬다고 해서 고양이가
아, 저 사람이 나를 돌봐주는구나. 혹은 내게 은혜를 베풀었구나 하는 식으로 나를 보지는 않는다.

집에서 상전 대접을 받는 고양이건
길에서 쓰레기 봉투를 뒤지는 고양이건
그들이 자신의 위엄을 버리는 일 따윈 없다.

길고양이

고양이와 함께 살고, 고양이 사진을 찍어 인터넷에 올리는게 유행처럼 된 일은 꽤 오래전부터다.
고양이는 잡지마다 한 번씩은 다루는 아이템이 됐고 이제는 우리나라에서 각광받는 존재가 된 것처럼 보인다.

하지만 그런 매체를 벗어나면 고양이에 대한 인식은 그리 달라진 것이 없다.
품종 없고 붙임성 없는 거리의 고양이들은 여전히 징그럽고 재수없는 존재로 보며
꼬리가 잘려 나가고 갖가지 잔인한 방법으로 죽임을 당한다.
인터넷에 떠도는 수많은 고양이 사진들로 거리 고양이의 삶까지 쿨해진 것은 아니다.

놀랍게도 많은 사람들이 집 없이 떠돌아다니는 동물 하나하나도 생명과 감정을 가지고 있다는 사실을 잊는다.
고양이 울음 소리가 아기 우는 소리 같아서 기분 나쁘다는 식의 이유로 학대할 권리는 없다.
모든 사람들이 다 고양이를 좋아할 수는 없다.
하지만 적어도 생명과 감정을 가진 존재로 대해줄 수는 있을 것이다.
그리고 마땅히 그래야 한다고 생각한다.

"당신이 길고양이와 친구가 되는 법을 안다면 당신은 언제나 운이 좋을 것이다."

"You will always be lucky if you know how to make friends with strange cats."

lost

조심해.

가을 나옹

나옹이 부인을 맞아들였다.

놀랍게도 나옹은 처음부터 수줍어했다!

참고) 나옹은 원래 다른 고양이가 있으면 바로 제압에 들어간다.
나옹이 잠시 다른 곳에 가 있던 적이 있었는데, 그 동네 터줏대감 길고양이를
바로 압도, 동네를 한방에 접수하고
골목대장 노릇을 한바 있다.

그런데 때비 앞에선 때비 마음에 들려고 저렇게 얼쩡거리고 있는 것이다!

처음 2-3일 동안은 그런 나옹의 마음이 받아들여지지 않았지만,

곧 그들은 사이좋은 한쌍이 되었다.
나는...
그들 사랑의 배경화면 같은 존재였다.
난 스스로 병풍인생이라 이름 지었다.
나는야 병풍인생...

나는 지금까지 계속 나옹하고만 지내다가 그때 처음으로
식구가 늘어난 것이었는데 고양이 둘과 지내는 기쁨은 또 달랐다.

바로 이것이다!
나를 반기는 두 마리 고양이들!

하지만 때비는 다시 때비가 살던 집으로 돌아가게 돼있었다.

때비는 떠났고 나옹과 나는 다시 일상으로 돌아왔다.
다행히 나옹은 쉽게 제자리로 돌아왔다.

여기까지가 나옹과 때비의 짧은 만남에 관한 이야기다.

Snowcat

나옹과 나양 – 나옹, 아빠가 되다

두달 좀 지나서 때비가 새끼 고양이들을 낳았다.
그 중 나양이가 집에 며칠 와 있게 되었다.

그리고 난 정말 오랜만에 새끼 고양이로 인한
기쁨을 누릴 수 있었다!

새끼 고양이만의 거부할 수 없는
무차별적이고 직접적인 애교란!
나옹의 은근한 애교에 익숙해져 있던 내게
그것은 문화적 충격에 다름 아니었다.

지금 나양이는
친구 집에서 잘 살고 있다.
앞으로도 건강하고 행복하길.

눈높이 맞추기

내가 '나옹' 하고 부르면
나옹은 옆에 있는 가구나 테이블 같은 것을 딛고 올라와 나와 눈높이를 맞춘다.
나옹은 나와 같은 높이에서 눈마주치기를 원한다.

나옹 덕분

슈바이처 박사의 이 말은 내가 가장 좋아하는 고양이에 관한 어구다.
내 삶은 고양이 덕분에 더 풍요로워졌고, 행복해졌다.
그리고 그 고양이가 나옹인 것이 고맙다.

나옹은 뭐든지 안다

이 책을 오랫동안 천천히 작업하면서
나옹이라는 존재에 대해 더 많이 생각할 수 있었고
나옹에 대한 사랑이 더 깊어졌다.

이런 책을 만든들 나옹이 어떻게 알겠냐고?
천만의 말씀.
난 나옹에게 책을 보여주며 얘기해줄 것이다.
그러면 나옹은 분명 어떤 식으로든 이해할 것이다.
나옹은 뭐든지 알 수 있으니까.

Bye!